ADIVINA... ¿QUIÉN SOY?

Me gusta que las personas vistan a la moda.

RETO 1
¿Cuál de estas prendas usas cuando hace frío?

Tengo una oficina donde hago mis diseños.

RETO 2

Observa bien esta oficina y encuentra cosas con forma cuadrada. ¿Cuántas encontraste?

Utilizo muchos instrumentos para trabajar, como:

RETO 3
¿Para qué crees que se utiliza cada cosa?

Elijo entre muchas telas para hacer mis diseños.

RETO 4

Cierra los ojos y toca la tela de alguna prenda de vestir que traigas puesta. ¿Cómo se siente? ¿Suave? ¿Áspera?

Hago ropa para toda ocasión.

RETO 5
¿En qué evento crees que se usa este tipo de ropa?

Organizo un desfile de modas para mostrar todas mis creaciones.

RETO 6
¿Cuál vestido te gustó más?

¿ADIVINASTE QUIÉN SOY?

¡Sí, soy una diseñadora de modas!

Alguien muy travieso cortó todas estas prendas de vestir. Une cada una con la parte que la completa.